folio junior

J.M.G. Le Clézio est né à Nice, en 1940. Enfant, il voulait devenir marin, et c'est au cours d'une traversée entre Bordeaux et le Nigeria qu'il écrit son premier livre. Il fait des études de lettres à Nice et devient docteur ès lettres. Son premier roman, *Le Procès-Verbal* (1963), obtient le prix Renaudot et, en 1980, il reçoit le grand prix Paul Morand pour son roman *Désert*. Influencée par ses origines familiales mêlées, par ses voyages, et par son goût marqué pour les cultures amérindiennes, son œuvre, récompensée en 2008 par le prix Nobel de littérature, compte une cinquantaine d'ouvrages (romans, nouvelles, essais) publiés essentiellement aux Éditions Gallimard. *Lullaby*, *La Grande Vie*, *Celui qui n'avait jamais vu la mer*, *Pawana* ont paru dans la collection Folio Junior. *Voyage au pays des arbres* et *Balaabilou* ont paru dans la collection Folio Cadet.

Georges Lemoine est né à Rouen en 1935. En 1951, il commence ses études à Paris, dans un centre d'apprentissage de dessin d'art graphique. Dès les années 1960, il dessine ses premières illustrations pour la presse et la publicité. En 1974, à la demande de Massin et de Pierre Marchand, il réalise ses premières couvertures illustrées pour les collections Folio et Folio Junior, dont le premier numéro de Folio Junior, *La maison qui s'envole*, de Claude Roy. Depuis, il a mis en images les textes de nombreux grands auteurs tels que Andersen, Charles Dickens, Oscar Wilde, Marguerite Yourcenar, Michel Tournier, Marcel Proust (en 2005, il a illustré somptueusement *Le Petit Marcel Proust*) et Arthur Rimbaud… En 1980, le prix Honoré lui est décerné pour l'ensemble de son travail de graphiste et d'illustrateur.

J.M.G. Le Clézio

Villa Aurore

suivi de

Orlamonde

Illustrations de Georges Lemoine

Gallimard

Villa Aurore

Depuis toujours, Aurore existait, là, au sommet de la colline, à demi perdue dans les fouillis de la végétation, mais visible tout de même entre les hauts fûts des palmiers et des lataniers, grand palais blanc couleur de nuage qui tremblait au milieu des ombres des feuillages. On l'appelait la villa Aurore, bien qu'il n'y ait jamais eu de nom sur les piliers de l'entrée, seulement un chiffre gravé sur une plaque de marbre, qui a disparu bien avant que j'aie pu me souvenir de lui. Peut-être qu'elle portait ce surnom à cause de sa couleur de nuage justement, cette teinte légère et nacrée pareille au ciel du premier matin. Mais tout le monde la connaissait, et elle a été la première maison dont je me souvienne, la première maison étrangère qu'on m'ait montrée.

C'est aussi à cette époque-là que j'ai entendu parler de la dame de la villa Aurore, et on a dû me la montrer peut-être, parfois, en train de se promener dans les allées de son jardin, coiffée de son grand chapeau de jardinier, ou bien en train de tailler les rosiers, près du mur d'entrée. Mais je garde d'elle un souvenir imprécis, fugitif, à peine perceptible, tel que je ne peux être tout à fait sûr de l'avoir réellement vue, et que je me demande parfois si je ne l'ai pas plutôt imaginée. J'entendais souvent parler d'elle, dans des conversations (entre ma grand-mère et ses amies, principalement) que j'écoutais distraitement, mais où elle ne tardait pas à faire figure d'une personne étrange, une sorte de fée peut-être, dont le nom même me semblait plein de mystères et de promesses : la dame de la villa Aurore. A cause de son nom, à cause de la couleur nacrée de sa maison entr'aperçue au milieu des broussailles, à cause du jardin aussi, si grand, si abandonné, où vivaient des multitudes d'oiseaux et de chats errants, chaque fois que je pensais à elle, chaque fois que j'approchais de son domaine, je ressentais un peu le frisson de l'aventure.

Plus tard, j'appris avec d'autres garnements la possibilité d'entrer dans son domaine, par une brèche dans le vieux mur, du côté du ravin, à l'ubac de la colline. Mais à cette époque-là, nous ne disions plus la dame de la villa Aurore, ni même la villa Aurore. Nous en parlions avec une périphrase qui avait été certainement inventée pour exorciser le mystère de la première enfance, et pour justifier notre entrée : nous disions : « Aller au jardin des chats errants », ou bien « passer par le trou du mur ». Mais nous restions prudemment dans la partie abandonnée du jardin, celle où vivaient les chats, et leurs portées miraculeuses de chatons aveugles, et deux ou trois statues de plâtre abandonnées à la végétation. C'est à peine si, lors de ces jeux de cache-cache et ces expéditions de reconnaissance à travers la jungle des acanthes et des lauriers-sauce, j'apercevais parfois, très loin, comme irréelle, la grande maison blanche aux escaliers en éventail entourée des fûts des palmiers. Mais pas une fois je n'entendis la voix de la propriétaire, pas une fois je ne la vis sur les marches de l'escalier, dans les allées de gravier, ni même derrière le carreau d'une fenêtre.

Pourtant, c'est une chose étrange aussi quand je pense à cette époque, c'est comme si nous savions tous que la dame était là, qu'elle habitait dans cette maison, qu'elle y régnait. Sans jamais la voir, sans la connaître, sans même savoir quel était son vrai nom, nous étions conscients de sa présence, nous étions ses familiers, ses voisins. Quelque chose d'elle vivait alors dans ce quartier, en haut de la colline, quelque chose que nous ne pouvions pas voir vraiment, mais qui existait dans les arbres, dans les deux piliers de pierre de l'entrée et dans la grande grille rouillée fermée par une chaîne. C'était un peu comme la présence de quelque chose de très ancien, de très doux et de lointain,

la présence des vieux oliviers gris, du cèdre géant marqué par la foudre, des vieux murs qui entouraient le domaine comme des remparts. C'était aussi dans l'odeur chaude des lauriers poussiéreux, dans les massifs de pittospores et d'orangers, dans les haies sombres de cyprès. Jour après jour, tout cela était là, sans bouger, sans changer, et on était heureux sans le savoir, sans le vouloir, à cause de la présence de la dame qui était au cœur du domaine.

Les chats aussi, on les aimait bien. Quelquefois il y avait des garnements qui les chassaient devant eux à coups de pierres, mais quand ils franchissaient la brèche du mur, ils cessaient leur poursuite. Là, dans le jardin, à l'intérieur des murs, les chats errants étaient chez eux, et ils le savaient. Ils vivaient par meutes de centaines, accrochés aux rochers de l'ubac, ou bien à demi cachés dans les creux du vieux mur, se chauffant au soleil pâle de l'hiver.

Je les connaissais bien, tous, comme si j'avais su leurs noms : le chat blanc borgne, aux oreilles déchirées par les combats, le chat roux, le chat noir aux yeux bleu ciel, le chat blanc et noir aux pattes toujours sales, la chatte grise aux yeux dorés, et tous ses enfants, le chat à la queue coupée, le chat tigré au nez cassé, le chat qui ressemblait à un petit tigre, le chat angora, la chatte blanche avec trois petits blancs comme elle, affamés, tous, apeurés, aux pupilles agrandies, au poil taché ou hérissé, et tous ceux qui s'en allaient vers la mort, les yeux larmoyants, le nez coulant, si maigres qu'on voyait leurs côtes à travers leur fourrure, et les vertèbres de leur dos.

Eux vivaient dans le beau jardin mystérieux, comme s'ils étaient les créatures de la dame de la villa Aurore. D'ailleurs, quelquefois, quand on s'aventurait près des allées, du côté de la maison blanche, on voyait de petits tas de nourriture disposés sur des bouts de papier ciré, ou bien dans de vieilles assiettes émaillées. C'était elle qui leur donnait à manger, et ils étaient les seuls êtres qui pouvaient l'approcher, qui pouvaient lui parler. On disait que c'était de la nourriture empoisonnée qu'elle leur donnait pour mettre fin à leurs souffrances, mais je crois que ce n'était pas vrai, que c'était seulement une légende de plus inventée par ceux qui ne connaissaient pas Aurore, et qui avaient peur d'elle. Alors nous, nous n'osions pas aller trop près des allées ou des murs, comme si nous n'étions pas de la même espèce, comme si nous devions toujours rester des étrangers.

Les oiseaux aussi, je les aimais, parce que c'étaient des merles au vol lourd, qui bondissaient d'arbre en arbre. Ils sifflaient de drôles d'airs moqueurs, perchés sur les hautes branches des lauriers, ou bien dans les couronnes sombres de l'araucaria. Quelquefois je m'amusais à leur répondre, en sifflant, parce qu'il n'y avait que là qu'on pouvait se cacher dans les broussailles et siffler comme un oiseau, sans que personne ne vienne. Il y avait des rouges-gorges aussi, et de temps en temps, vers le soir, quand la nuit tombait sur le jardin, un rossignol mystérieux qui chantait sa musique céleste.

Il y avait aussi quelque chose de curieux dans ce grand jardin abandonné : c'était une sorte de temple circulaire, fait de hautes colonnes sur lesquelles reposait un toit orné de fresques, avec un mot mystérieux écrit sur l'un des côtés, un mot étrange qui disait :

ΟΥΡΑΝΟΣ

Longtemps, je restais là à regarder le mot étrange, sans comprendre, à moitié caché dans les hautes herbes, entre les feuilles de laurier-sauce. C'était un mot qui vous emportait loin en arrière, dans un autre temps, dans un autre monde, comme un nom de pays qui n'existerait pas. Il n'y avait personne dans le temple, sauf quelquefois des merles qui sautillaient sur les marches de marbre blanc, et les herbes folles et les lianes qui envahissaient peu à peu les colonnes, qui s'entortillaient, qui faisaient des taches sombres. A la lumière du crépuscule, il y avait quelque chose d'encore plus mystérieux dans cet endroit, à cause des jeux de l'ombre sur les marches de marbre, et du péristyle du temple où brillaient les lettres magiques. Je croyais en ce temps-là que le temple était vrai, et quelquefois j'y allais avec Sophie, avec Lucas, Michel, les autres enfants du voisinage, sans faire de bruit, en rampant dans l'herbe, pour observer le temple. Mais aucun de nous n'aurait osé s'aventurer sur les marches du temple, de peur de rompre le charme qui régnait sur ce lieu.

Plus tard, mais déjà à ce moment-là je n'allais plus au jardin d'Aurore, plus tard un type m'a dit ce que c'était que le temple, construit par un cinglé qui se croyait revenu au temps des Grecs, et il m'a même expliqué le mot magique, il m'a dit comment ça se prononçait, ouranos, et il m'a dit que ça voulait dire « ciel », en grec. Il avait appris cela en classe et il en était sûrement très fier, mais déjà ça m'était égal, je veux dire, tout était déjà enfermé dans ma mémoire, et on ne pouvait pas le changer.

Les journées étaient longues et belles, en ce temps-là, dans le jardin de la villa

Aurore. Il n'y avait rien d'autre d'intéressant dans la ville, ni les rues, ni les collines, ni même la mer qu'on voyait au loin, entre les arbres et les palmiers. L'hiver, le jardin était sombre et dégouttant de pluie, mais c'était bien quand même, par exemple de s'asseoir, le dos contre le tronc d'un palmier, et d'écouter la pluie faire son tambourinage sur les grandes palmes et sur les feuilles des lauriers. Alors l'air était immobile, glacé, et on n'entendait pas un cri d'oiseau, pas un bruit d'insecte. La nuit venait vite, lourde, chargée de secrets, portant avec elle un goût âcre de fumée, et l'ombre mouillée faisait frissonner la peau, les feuilles des arbres, comme un souffle sur l'étang.

Ou bien le soleil apparaissait, à la veille de l'été, dur et aigu, entre les hautes branches, brûlant les minuscules clairières près des eucalyptus. Lorsque la chaleur était haute, j'allais en rampant comme un chat, jusqu'à la porte, dans les broussailles, d'où je pouvais voir le temple. C'était à ce moment-là que c'était le plus beau : le ciel bleu, sans nuage, et la pierre blanche du temple, si intense que je devais fermer les yeux, ébloui. Alors je regardais le nom magique, et je pouvais m'en aller rien que sur ce nom, comme dans un autre monde, comme si j'entrais dans un monde qui n'existait pas encore. Il n'y aurait rien d'autre que ce ciel nu, et cette pierre blanche, ces hauts fûts de marbre blanc, et le bruit crissant des insectes d'été, comme s'ils étaient le bruit même de la lumière. Je restais assis des heures, à l'entrée de ce monde, sans vouloir y aller vraiment, seulement regardant ces lettres qui disaient le mot magique, en sentant le pouvoir de la lumière et l'odeur. Encore aujourd'hui je la perçois, l'odeur âcre des lauriers, des écorces, des branches cassées qui cuisaient à la chaleur du soleil, l'odeur de la terre rouge. Elle a plus de force que le réel, et la lumière que j'ai amassée à cet instant, dans le jardin, brille encore à l'intérieur de mon corps, plus belle et plus intense que celle du jour. Les choses ne devraient pas changer.

Ensuite, il y a comme un grand vide dans ma vie, jusqu'au moment où, par hasard, j'ai retrouvé le jardin de la villa Aurore, son mur, sa porte grillée, et la masse des broussailles, les lauriers-sauce, les vieux palmiers. Pourquoi, un jour, avais-je cessé d'entrer par la brèche du mur, et de me faufiler à travers les ronces en guettant les cris des oiseaux, les formes fuyantes des chats errants ? C'était comme si une longue maladie m'avait séparé de l'enfance, des jeux, des secrets, des chemins, et qu'il n'avait plus été possible de faire la jonction entre les deux morceaux séparés. Celui qui avait disparu en moi, où était-il ? Mais pendant des années, il ne s'était pas rendu compte de la rupture, frappé d'amnésie, rejeté à jamais dans un autre monde.

Il ne voyait plus le jardin, il n'y pensait plus. Le mot magique écrit au fronton du faux temple s'était absolument effacé, avait disparu de sa mémoire. C'était un mot qui ne voulait rien dire, un mot simplement pour ouvrir la porte de l'autre monde à celui qui le regardait, à demi caché dans le mur des branches et des feuilles, immobile dans la lumière comme un lézard. Alors, quand on cessait de le voir, quand on cessait d'y croire, le mot s'effaçait, il perdait son pouvoir, il redevenait semblable à tous les autres mots qu'on voit sans les voir, les mots écrits sur les murs, sur les feuilles des journaux, étincelants au-dessus des vitrines.

Alors à ce moment-là, le type qui étudiait le grec, un jour me disait comme cela, en passant, que ça voulait dire « ciel », et ça n'avait plus aucune importance. C'était tout juste devenu un sujet de conversation, si vous voyez ce que je veux dire. Un sujet de conversation, du vent, du vide.

J'ai quand même recherché à tout revoir, un samedi après-midi, peu de temps avant les examens (c'était l'époque où je commençais des études de droit). Il y avait si longtemps que j'avais quitté le quartier que j'ai eu du mal à retrouver la rue, celle qui grimpait tout en haut de la colline, jusqu'au mur de la villa Aurore. Les grands immeubles étaient maintenant partout, ils avaient poussé en désordre sur la colline, jusqu'au sommet, serrés les uns contre les autres sur leurs grandes plates-formes de goudron. Les arbres avaient presque tous disparu, sauf un ou deux par-ci par-là, oubliés sans doute par le ravage qui était passé sur la terre : des oliviers, des eucalyptus, quelques orangers qui, maintenant perdus dans cette mer de goudron et de béton, semblaient chétifs, ternes, vieillis, près de leur mort.

Je marchais dans les rues inconnues, et peu à peu mon cœur se serrait. Il y avait une drôle d'impression qui venait de tout, comme de l'angoisse, ou bien une peur très sourde, sans motif réel, l'impression de la mort. Le soleil ruisselait sur les façades des immeubles, sur les balcons, allumait des étincelles sur les grands panneaux vitrés. Le vent tiède de l'automne agitait les feuilles des haies, et le feuillage des plantes d'agrément dans les jardins des résidences, car c'étaient maintenant des plantes sages aux couleurs voyantes, aux noms bizarres que je connaissais depuis peu, poinsettias, begonias, strelitzias, jacarandas. Il y avait bien, de temps en temps, comme autrefois, des merles moqueurs qui criaient sur mon passage, qui sautillaient dans le gazon des ronds-points, et des cris d'enfants, et des aboiements de chiens. Mais la mort était derrière tout cela, et je sentais qu'on ne pouvait pas l'éviter.

Elle venait de tous les côtés à la fois, elle montait du sol, elle traînait le long des rues trop larges, sur les carrefours vides, dans les jardins nus, elle se balançait dans les palmes grises des vieux palmiers. C'était une ombre, un reflet, une odeur peut-être, un vide qui était maintenant dans les choses.

Alors je me suis arrêté un moment pour comprendre. Tout était tellement différent ! Les villas avaient disparu, ou bien elles avaient été repeintes, agrandies, transformées. Là où il y avait autrefois des jardins protégés par de hauts murs décrépis, maintenant s'élevaient les immeubles très blancs de dix, huit, douze étages, immenses sur leurs parkings tachés de cambouis. Ce qui était inquiétant surtout, c'est que je ne parvenais plus à retrouver mes souvenirs à présent. Ce qui existait aujourd'hui avait effacé d'un seul coup tous mes souvenirs d'enfance, laissant seulement la sensation douloureuse d'un vide, d'une mutilation, un malaise vague, aveugle, qui empêchait mes sentiments d'autrefois de se rejoindre avec ceux du présent. Dépossédé, exilé, trahi, ou peut-être seulement exclu, alors il y avait pour moi ce goût de mort, ce goût de néant. Le béton et le goudron, les hauts murs, les terre-pleins de gazon et de soucis, les murettes au grillage nickelé, tout cela avait une forme, était plein d'une lueur d'angoisse, chargé d'un sens mauvais. Je venais de comprendre qu'en m'éloignant, en cessant de garder mon regard fixé sur mon monde, c'était moi qui l'avait trahi, qui l'avait abandonné à ses mutations. J'avais regardé ailleurs, j'avais été ailleurs, et pendant ce temps, les choses avaient pu changer.

Où était Aurore, maintenant ? Avec hâte, je marchais le long des rues vides, vers le sommet de la colline. Je voyais les noms des immeubles, écrits en lettres dorées sur leurs frontons de marbre, des noms prétentieux et vides, qui étaient pareils à leurs façades, à leurs fenêtres, à leurs balcons :

« La Perle »

« L'Age d'or »

« Soleil d'or »

« Les Résédas »

« Les Terrasses de l'Adret »

Je pensais alors au mot magique, au mot que je ne prononçais jamais, ni personne, au mot qu'on pouvait seulement voir, gravé au sommet du faux temple grec en stuc, le mot qui emportait dans la lumière, dans le ciel cru, au-delà de tout, jusqu'à un lieu qui n'existait pas encore. Peut-être que c'était lui qui m'avait manqué, pendant toutes ces années d'adolescence, quand j'étais resté loin du jardin, loin de la maison d'Aurore, loin de tous ces sentiers. Maintenant, mon cœur battait plus vite, et je sentais quelque chose m'oppresser, appuyer au centre de moi-même, une douleur, une inquiétude, parce que je savais que je n'allais pas retrouver ce que je cherchais, que je ne le retrouverais jamais plus, que cela avait été détruit, dévoré.

Partout, il y avait ces jardins éventrés, ces ruines, ces plaies géantes creusées dans la terre, en haut de la colline. Sur les chantiers les hautes grues étaient immobiles, menaçantes, et les camions avaient laissé des traînées de boue sur la chaussée. Les immeubles n'avaient pas encore fini de pousser. Ils grandissaient encore, mordant dans les vieux murs, abrasant la terre, étendant autour d'eux ces nappes de goudron, ces aires nues de ciment éblouissant.

Je fermais à demi les yeux, luttant contre la réverbération du soleil couchant sur toutes les façades blanches. Il n'y avait plus d'ombres à présent, plus de secrets. Rien que les garages souterrains des immeubles, ouvrant leurs larges portes noires, montrant les couloirs brumeux de leurs fondations.

Par instants, je croyais reconnaître une maison, un mur, ou bien même un arbre, un vieux laurier qui avait survécu à la

destruction. Mais c'était pareil à un reflet, cela s'allumait et s'éteignait aussitôt, avant même que j'aie pu le savoir, et il ne restait plus rien alors que la surface vide de l'asphalte, et les hauts murs qui interdisaient le ciel.

J'ai erré longtemps au sommet de la colline, à la recherche de quelque trace, d'un indice. Le soir commençait à tomber, la lumière devenait trouble et faible, les merles volaient lourdement entre les immeubles, à la recherche d'un lieu pour dormir. Ce sont eux qui m'ont guidé jusqu'à la villa Aurore. Tout d'un coup je l'ai vue. Je ne l'avais pas reconnue, parce qu'elle était en contrebas de la grande route circulaire, tellement enfoncée sous le mur de soutènement, au creux du virage, que je ne voyais que son toit-terrasse et ses cheminées. Comment avais-je pu l'oublier pareillement ? Le cœur battant, j'ai traversé la route, en courant entre deux voitures, je me suis approché du grillage. C'était bien elle. Je ne l'avais jamais vue de si près, et surtout, je n'avais jamais imaginé à quoi elle pouvait ressembler, vue d'en haut, comme d'un pont. Alors elle m'est apparue, triste, grise, abandonnée, avec ses hautes fenêtres aux volets fermés, et le plâtre taché de rouille et de suie, les stucs rongés par la vieillesse et le malheur. Elle n'avait plus cette couleur légère, nacrée, qui la faisait paraître irréelle autrefois, quand je la guettais entre les branches basses des lauriers. Elle n'avait plus sa couleur d'aurore. Maintenant, elle était d'un blanc-gris sinistre, couleur de maladie et de mort, couleur de bois de cave, et même la lueur douce du crépuscule ne parvenait pas à l'éclairer.

Pourtant, il n'y avait plus rien qui la cachait, qui la protégeait. Les arbres avaient disparu autour d'elle, sauf deux ou trois troncs d'oliviers, déjetés et tordus, grimaçants, qui poussaient en contrebas de la route, de chaque côté de la vieille maison. En regardant avec attention, je découvrais peu à peu chaque arbre ancien, les palmiers, les eucalyptus, les lauriers, les citronniers, les rhododendrons, chaque arbre que j'avais connu, qui avait été pour moi aussi proche qu'une personne, dans le genre d'un ami géant que je n'aurais pas approché. Oui, ils étaient là, encore, c'était vrai, ils existaient.

Mais comme la villa Aurore, ils n'étaient plus que des formes vides, des ombres, très pâles et légers, comme s'ils étaient vides à l'intérieur.

Je suis resté là un bon moment, immobile sur la grand-route, à regarder le toit de la vieille maison, les arbres, et le bout de jardin qui subsistait. Alors je voyais au-delà, vers l'image de mon enfance, et j'essayais de faire renaître ce que j'avais aimé autrefois. Cela venait, puis s'en allait, revenait encore, hésitant, trouble, peut-être douloureux, une image de fièvre et d'ivresse, qui brûlait mes yeux et la peau de mon visage, qui faisait trembler mes mains. La lumière du crépuscule vacillait, en haut de la colline, couvrant le ciel, puis se retirant, faisant surgir les nuages de cendres. La ville, tout autour, était immobilisée. Les voitures ne roulaient plus dans leurs ornières, les trains, les camions sur les nœuds des autoroutes. La grand-route derrière moi, franchissait ce qui avait été autrefois le jardin de la villa Aurore, en faisant un long virage, presque suspendue en plein ciel. Mais pas une voiture ne passait sur la route, personne. La dernière lumière du soleil, avant de disparaître, avait fasciné le monde, le tenait en suspens, pour quelques minutes encore. Le cœur battant, le visage brûlant, j'essayais d'arriver le plus vite possible jusqu'au monde que j'avais aimé, de toutes mes forces, j'essayais de le voir apparaître, vite, tout cela que j'avais été, ces creux d'arbres, ces tunnels sous le feuillage sombre, et l'odeur de la terre humide, le chant des criquets, les chemins secrets des chats sauvages, leurs tanières sous les lauriers, le mur blanc, léger comme un nuage de la villa Aurore, et surtout le temple, lointain, mystérieux comme une montgolfière, avec au front ce mot que je pouvais voir, mais que je ne pouvais pas lire.

Un instant, l'odeur d'un feu de feuilles est venue, et j'ai cru que j'allais pouvoir entrer, que j'allais retrouver le jardin, et avec le jardin le visage de Sophie, la voix des enfants qui jouaient, mon corps enfin, mes jambes et mes bras, ma liberté, ma course.

Mais l'odeur est passée, la lumière du crépuscule s'est ternie, quand le soleil a disparu derrière les nuages accrochés aux collines. Alors tout s'est défait. Même les autos ont recommencé de rouler sur la grand-route, en prenant le virage à toute vitesse, et le bruit de leurs moteurs qui s'éloignaient me faisait mal.

J'ai vu le mur de la villa Aurore, maintenant si proche que j'aurais presque pu le toucher en tendant le bras, s'il n'y avait pas eu le grillage de fil de fer sur le petit mur de la route. J'ai vu chaque détail du mur, le plâtre écaillé, rayé, les taches de moisissure autour des gouttières, les éclats de bitume, les blessures qu'avaient laissées les machines, quand on avait fait la route. Les volets des hautes fenêtres étaient fermés, à présent, mais fermés comme ceux qu'on n'aura plus jamais besoin d'ouvrir, fermés à la manière de paupières serrées d'aveugle. Sur la terre, autour de la maison, parmi le gravier, les mauvaises herbes avaient poussé, et les massifs d'acanthe débordaient de toutes parts, étouffant la vigne vierge et les vieux orangers. Il n'y avait pas un bruit, pas un mouvement dans la maison. Mais ce n'était pas le silence d'autrefois, chargé de magie et de mystère. C'était un mutisme pesant, difficile, qui m'étreignait le cœur et la gorge, et me donnait envie de fuir.

Pourtant, je ne parvenais pas à m'en aller. Je marchais maintenant le long du grillage, cherchant à percevoir le moindre signe de vie dans la maison, le moindre souffle. Un peu plus loin, j'ai vu l'ancien portail peint en vert, celui que j'avais regardé autrefois avec une sorte de crainte, comme s'il avait défendu l'entrée d'un château. Le portail était le même, mais les piliers qui le soutenaient avaient changé. Maintenant ils étaient au bord de la grand-route, deux piliers de ciment déjà gris de suie. Il n'y avait plus le beau chiffre gravé sur sa plaque de marbre. Tout semblait étriqué, triste, réduit par la vieillesse. Il y avait un bouton de sonnette avec un nom écrit au-dessous, sous un couvercle de matière plastique encrassé. J'ai lu le nom :

Marie Doucet

C'était un nom que je ne connaissais pas, parce que personne n'avait jamais parlé de la vieille dame autrement qu'en disant, la dame de la villa Aurore, mais j'ai compris, rien qu'en voyant le nom écrit, sous la sonnette inutile, que c'était elle, celle que j'aimais, celle que j'avais guettée longtemps sans la voir jamais, depuis mes cachettes sous les lauriers.

D'avoir vu son nom, et de l'avoir aimé tout de suite, ce beau nom qui s'accordait si bien avec mes souvenirs, j'ai été assez heureux, et le sentiment d'échec et d'étrangeté que j'avais ressenti en marchant dans mon ancien quartier avait presque disparu.

Un instant, j'ai eu envie d'appuyer sur la sonnette, sans penser, sans raisonner, simplement pour voir apparaître le visage de la dame que j'avais aimé si longtemps. Mais cela ne se pouvait pas. Alors, je suis parti. J'ai redescendu les rues vides, entre les grands immeubles aux fenêtres allumées, aux parkings pleins d'autos. Il n'y avait plus d'oiseaux dans le ciel, et les vieux chats errants n'avaient plus de place pour vivre. Moi aussi, j'étais devenu un étranger.

C'est un an plus tard que j'ai pu retourner en haut de la colline. Je n'avais pas cessé d'y penser, et malgré toutes les futilités de la vie d'étudiant, restait au fond de moi cette inquiétude. Pourquoi ? Je crois que, dans le fond, je n'avais jamais pu m'habituer tout à fait à n'être plus celui que j'avais été, l'enfant qui entrait par la brèche du mur, et qui avait trouvé ses cachettes et ses chemins, là, dans le grand jardin sauvage, au milieu des chats et des cris des insectes. C'était resté au fond de moi, vivant au fond de moi, malgré tout le monde qui m'avait séparé.

Maintenant, je savais que je pouvais aller jusqu'à la villa Aurore, que j'allais appuyer sur le bouton de sonnette, au-dessus du nom de Marie Doucet, et que j'allais enfin pouvoir entrer dans la maison blanche aux volets fermés.

Etrangement, maintenant que j'avais une bonne raison de sonner à la porte de la villa, avec cette fameuse annonce par laquelle Mlle Doucet offrait une « chambre à un étudiant(e) qui accepterait de garder la maison et de la protéger » — maintenant plus encore j'appréhendais d'y aller, de forcer cette porte, d'entrer pour la première fois dans ce domaine étranger. Qu'allais-je dire ? Pourrais-je parler normalement à la dame de la villa Aurore, sans que ma voix ne tremble et que mes paroles ne s'emmêlent, sans que mon regard ne révèle tout mon trouble, et surtout, mes souvenirs, la crainte et le désir de mon enfance ? Je marchais lentement le long des rues, vers le sommet de la colline, sans penser, de peur de faire naître trop de doutes. Les yeux fixés sur des choses sans importance, les feuilles mortes dans les caniveaux, les marches du raccourci semées d'aiguilles de pin, les fourmis, les mouches qui sommeillent, les mégots abandonnés.

Quand je suis arrivé en dessous de la villa Aurore, j'ai été encore étonné du changement. Depuis quelques mois, on avait fini de construire de nouveaux immeubles, on avait entrepris quelques chantiers, démoli quelques anciennes villas, éventré des jardins.

Mais c'est surtout la grand-route, qui fait son virage autour de la villa Aurore, qui me donnait une impression encore plus terrible de vide, d'abandon. Les autos glissaient vite sur l'asphalte, en sifflant un peu, puis s'éloignaient, disparaissaient entre les grands immeubles. Le soleil étincelait partout, sur les murs trop neufs des buildings, sur le goudron noir, sur les coques des voitures.

Où était la belle lumière d'autrefois, celle que j'apercevais sur le fronton du faux temple, entre les feuilles ? Même l'ombre n'était plus pareille, à présent : grands lacs sombres au pied des résidences, ombres géométriques des réverbères et des grillages, ombres dures des voitures arrêtées. Je pensais alors à l'ombre légère qui dansait entre les feuilles, l'ombre des arbres enchevêtrés, des vieux lauriers, des palmiers. Tout d'un coup je me souvenais des taches rondes que faisait le soleil en traversant les feuilles d'arbre, et aux nuages gris des moustiques. C'était cela que je cherchais maintenant sur le sol nu, et mes yeux brûlaient à cause de la lumière. Cela qui était resté au fond de moi, durant toutes ces années, et qui, à présent, dans la nudité terrible, dans la brûlure de la lumière du présent, faisait comme un voile devant mes yeux, un vertige, un brouillard : l'ombre du jardin, l'ombre douce des arbres, qui préparait l'apparition éclatante de la belle maison couleur de nacre, entourée de ses jardins, de ses mystères et de ses chats.

Je n'ai sonné qu'une fois, brièvement, souhaitant peut-être au fond de moi que personne ne vienne. Mais au bout d'un instant, la porte de la villa s'est ouverte, et j'ai vu une vieille femme, vêtue comme une paysanne, ou comme une jardinière ; elle se tenait devant la porte, les yeux plissés à cause de la réverbération de la lumière, et elle cherchait à me voir. Elle ne me demandait pas ce que je voulais, ni qui j'étais, alors, entre les barreaux de la grille, je le lui ai dit, en parlant fort :

— Je suis Gérard Estève, je vous ai écrit, pour l'annonce, pour la chambre...

La vieille femme continuait à me regarder sans répondre ; puis elle a un peu souri, et elle a dit :

— Attendez, je vais prendre la clé, j'arrive...

Avec sa voix douce et fatiguée, et j'ai compris que je n'avais pas besoin de crier.

Je n'avais jamais vu la dame de la villa Aurore et pourtant, maintenant, je savais bien que c'était ainsi que j'avais toujours dû l'imaginer. Une vieille femme au visage cuit par le soleil, avec des cheveux blancs coupés court, et des habits de pauvresse ou de paysanne, fanés par le soleil et par le temps. C'était comme son beau nom, Marie Doucet.

Avec elle je suis entré dans la villa Aurore. J'étais intimidé, mais aussi inquiet, parce que tout était si vieux, si fragile. J'avançais lentement dans la maison, précédé de la vieille dame, sans dire un mot, retenant presque mon souffle. Je longeais un corridor obscur, puis s'ouvrait la porte du salon éclatant de lumière dorée, et, à travers les vitres des portes-fenêtres, je voyais les feuilles des arbres et les palmes immobiles dans la belle lumière, comme si le soleil ne devait jamais disparaître. Et tandis que j'entrais dans la grande salle vétuste, il me semblait que les murs s'écartaient à l'infini, et que la maison grandissait, s'étendait sur toute la colline, effaçant tout ce qui était alentour, les immeubles, les routes, les parkings déserts, les gouffres de béton. Alors je retrouvais ma taille ancienne, celle que je n'aurais jamais dû perdre, ma stature d'enfant, et la vieille dame de la villa Aurore grandissait, éclairée par les murs de sa demeure.

Le vertige était si fort que je devais m'appuyer contre un fauteuil.

— Qu'avez-vous ? dit Marie Doucet. Vous êtes fatigué ? Voulez-vous boire du thé ?

Je secouais la tête, un peu honteux de ma faiblesse, mais la vieille dame s'en allait tout de suite, en répondant elle-même :

— Si, si, justement, j'ai de l'eau sur le feu, je reviens tout de suite, asseyez-vous là...

Puis nous bûmes le thé en silence. L'étourdissement m'avait quitté, mais le vide était resté en moi, et je ne pouvais rien dire. Seulement j'écoutais la vieille dame qui parlait, qui racontait l'aventure de la maison, la dernière aventure qu'elle était en train de vivre, sans doute.

— Ils sont venus, ils reviendront, je le sais, c'est pour cela que je voulais une aide, enfin, quelqu'un comme vous, pour m'aider à... Je voulais une jeune fille, je pensais que ça serait mieux, pour elle et pour moi, mais enfin, vous savez, il y en a deux qui sont venues ici, elles ont regardé la maison, elles m'ont dit poliment au revoir, et je ne les ai jamais revues. Elles avaient peur, elles ne voulaient pas rester ici. Je les comprends, même si tout a l'air tranquille maintenant, moi je sais qu'ils reviendront, ils viendront la nuit, et ils taperont sur les volets avec leurs barres de fer, et ils lanceront des cailloux, et ils pousseront leurs cris sauvages. Depuis des années, ils font cela pour me faire peur, comprenez-vous, pour que je m'en aille d'ici, mais où est-ce que j'irais ? J'ai toujours vécu dans cette maison, je ne saurais pas où aller, je ne pourrais pas. Et puis ensuite, il y a l'entrepreneur qui vient, le lendemain même, il sonne à ma porte, comme vous. Mais c'est vous qui le recevrez, vous lui direz que vous êtes mon secrétaire, vous lui direz... Mais non, au fond, ce n'est pas la peine, je sais bien ce qu'il veut, et lui il sait bien comment l'obtenir, ça ne changera rien. Ils ont pris le terrain pour la route, pour l'école, et puis ils ont loti ce qui était en trop, ils ont construit les immeubles. Mais il y a encore cette maison, c'est cela qu'ils veulent maintenant, ils ne me laisseront pas en repos tant qu'ils n'auront pas eu la maison, pour quoi faire ? Pour construire encore, encore. Alors, je sais qu'ils reviendront, la nuit. Ils disent que ce sont les

enfants de la maison de redressement, ils disent cela. Mais je sais que ce n'est pas vrai. Ce sont eux, eux tous, l'architecte, l'entrepreneur, le maire et les adjoints, eux tous, il y a si longtemps qu'ils guignent ces terres, ils en ont envie depuis si longtemps. Ils ont construit la route juste là, derrière, ils pensaient que j'allais partir à cause de cela, mais j'ai fermé les volets, je ne les ouvre plus, je reste du côté du jardin... Je suis si fatiguée, quelquefois je pense que je devrais m'en aller vraiment, partir, leur laisser la maison, pour qu'ils finissent leurs immeubles, pour que tout soit fini. Mais je ne peux pas, je ne saurais pas où aller, vous voyez, il y a si longtemps que je vis ici que je ne connais plus rien d'autre...

Elle parlait comme cela, avec sa voix douce qu'on entendait à peine, et moi je regardais la belle lumière qui bougeait imperceptiblement dans la grande chambre aux meubles anciens, parce que le soleil descendait le long de sa courbe, dans le ciel vide. Je pensais aux journées d'autrefois, là, caché dans les broussailles du jardin, quand la ville n'était encore qu'une rumeur étouffée par les arbres au pied de la colline. Plusieurs fois, j'ai été tenté de lui dire ce qui s'était passé autrefois, quand je jouais dans le jardin, en entrant par la brèche du mur, et que les chats sauvages détalaient dans les taillis. Je voulais lui parler de la grande tache claire qui jaillissait entre les palmiers, soudain, éblouissante, pareille à un nuage, pareille à une plume. J'ai même commencé à lui dire :

— Je me souviens, madame, je...

Mais la phrase est restée en suspens, et la vieille dame m'a regardé tranquillement, avec ses yeux clairs, et je ne sais pourquoi, je n'ai pas osé continuer. Et puis mes souvenirs d'enfance semblaient dérisoires, maintenant que la ville moderne avait rongé la villa Aurore ; car rien ne pouvait cacher la plaie, la douleur, l'angoisse qui régnaient maintenant ici.

Alors, tout d'un coup, j'ai compris que je ne pourrais pas rester dans la maison. J'ai compris cela comme un frisson, c'est venu en moi d'un seul coup. Les forces destructrices de la ville, les autos, les autocars, les camions, les bétonneuses, les grues, les marteaux pneumatiques, les pulvérisateurs, tout cela viendrait ici, tôt ou tard, entrerait dans le jardin endormi, et puis dans les murs de la villa, feraient éclater les vitres, ouvriraient des trous dans les plafonds de plâtre, feraient écrouler les canisses, renverseraient les murs jaunes, les planchers, les chambranles des portes.

Quand j'ai eu compris cela, le vide est entré en moi. La vieille dame ne parlait plus. Elle restait un peu penchée en avant, au-dessus de la tasse de thé qui refroidissait, et elle regardait vers la fenêtre la lumière qui décroissait. Ses lèvres tremblaient un peu, comme si elle allait encore dire quelque chose. Mais elle ne parlerait plus.

Il y avait un tel silence en elle, et ici, dans cette villa qui mourait. Il y avait si longtemps que plus personne ne venait. Les entrepreneurs, les architectes, même l'adjoint du maire, celui qui était venu annoncer la décision d'expropriation, pour cause d'utilité publique, avant qu'on ne construise l'école et la route, plus personne ne venait, plus personne ne parlait. Alors c'était le silence à présent qui enserrait la vieille maison, qui la faisait mourir.

Je ne sais pas comment je suis parti. Je crois que j'ai dû me sauver lâchement, comme un voleur, comme auparavant s'étaient enfuies les deux jeunes filles qui cherchaient une chambre au pair. La vieille dame est restée seule, au centre de sa grande maison abandonnée, seule dans la grande salle décrépie où la lumière du soleil était couleur d'ambre. J'ai redescendu les rues, les avenues, vers le bas de la colline. Les autos fonçaient dans la nuit, phares allumés, feux rouges en fuite. En bas, dans les rainures des boulevards, les moteurs grondaient tous ensemble, avec leur bruit plein de menace et de haine. Peut-être que c'était ce soir, le dernier soir, quand tous ils allaient monter à l'assaut de la maison Aurore, et les jeunes garçons et les jeunes filles de la maison de redressement, le visage barbouillé de suie,

allaient entrer dans le jardin plein de sommeil, avec leurs couteaux et leurs chaînes. Ou bien ils glisseraient sur leurs motocyclettes, le long du grand tournant qui enserre la vieille villa comme un anneau de serpent, et quand ils passeraient, ils lanceraient sur le toit plat leurs bouteilles de Coca-Cola vides, et peut-être que l'une d'elles contiendrait de l'essence enflammée... Tandis que j'entrais dans la foule des voitures et des camions, entre les hauts murs des immeubles, il me semblait que j'entendais très loin les cris sauvages des hommes de main de la ville, qui étaient en train de faire tomber l'une après l'autre les portes de la villa Aurore.

Toute ressemblance avec des événements ayant existé est impossible.

Orlamonde

Annah est assise dans l'embrasure de la grande fenêtre en ogive. C'est l'endroit qu'elle aime le mieux au monde. Elle l'aime parce que c'est l'endroit du monde où l'on voit le mieux la mer et le ciel, rien d'autre que la mer et le ciel, comme si la terre et les hommes avaient cessé d'exister. Elle l'a choisi parce qu'il est tout à fait isolé, si haut, si secret que personne ne pourrait la trouver là. Comme l'aire d'un oiseau de mer, accrochée à une falaise, qui semble voler au-dessus du monde. Annah est très contente d'avoir trouvé cet endroit. Il y a si longtemps, deux ans, peut-être davantage, quand sa mère est revenue d'Afrique, après la mort de son père. Pierre était resté en bas, parce qu'à

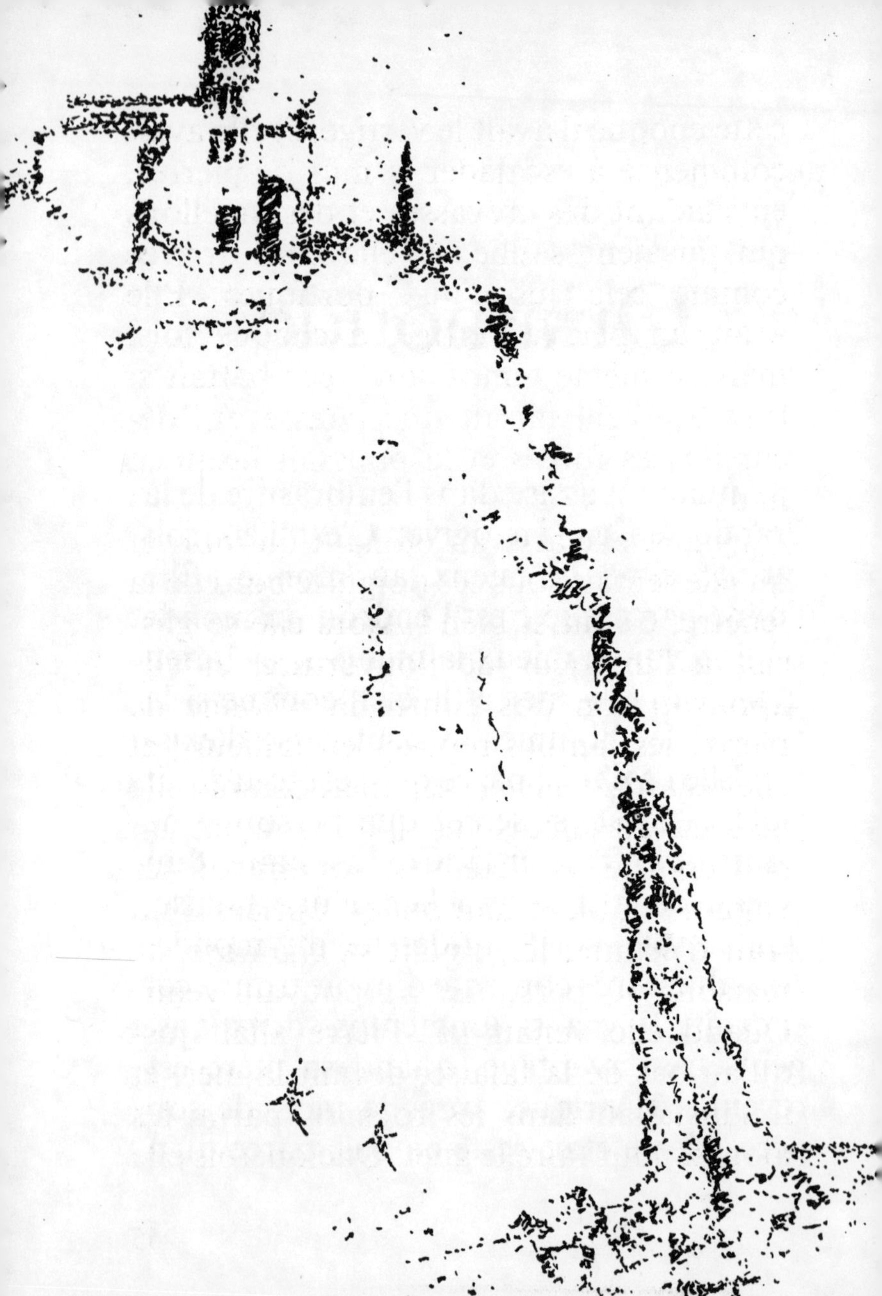

cette époque il avait le vertige, et elle avait commencé à escalader le mur de pierres, en s'aidant des crevasses et des moellons qui faisaient saillie, et elle était arrivée comme cela jusqu'aux portiques. Elle avait un peu le vertige, à chaque fois, mais en même temps son cœur battait si fort que cela faisait une ivresse qui décuplait ses forces et la poussait jusqu'en haut.

Quand elle arrivait en haut du mur, et qu'elle sentait sous ses doigts le bord de la fenêtre, c'était si bien ! Alors elle se glissait à l'intérieur de l'ouverture, et elle appuyait son dos contre la colonne de pierre, les jambes repliées en tailleur ; et elle regardait le ciel et la mer, comme elle ne les avait jamais vus : l'horizon net, un peu courbe, et l'étendue sombre où les vagues semblent immobiles, ourlées d'un trait d'écume. Ici, c'était sa chambre, sa maison, où personne ne pouvait venir. Quand elle venait ici, Pierre allait jusqu'au bas de la falaise, devant la mer, et il s'installait dans les rochers, parmi les ajoncs, pour faire le guet. Quelquefois elle entendait son sifflement aigu, ou bien son appel porté par le vent :

« Ohoo-héé !... »

Et elle répondait comme lui, en mettant ses mains en porte-voix :

« Ohéé-héé !... »

Mais ils ne se voyaient pas. Quand elle était ici, dans sa maison, Annah ne voyait rien d'autre que le ciel et la mer.

Le soleil avançait devant elle, sa lumière éclairait le fond de l'alcôve, et il y avait, sur la mer, le grand chemin qui ressemble à une cascade de feu. Cela aussi, c'était bien. Alors elle ne pensait plus à rien, tout pouvait s'effacer. Elle n'oubliait pas, non, mais les gens et les choses de l'autre monde n'avaient plus la même importance. C'était comme d'être une mouette et de voler au-dessus des rues de la ville qui gronde, par-dessus les grandes maisons grises, par-dessus les jardins humides, les écoles et les hôpitaux.

Annah pensait parfois à sa mère qui était malade, dans le grand hôpital en

haut de la ville. Mais quand elle était ici, dans sa maison, en haut de la muraille abandonnée face à la mer, elle pouvait y penser sans que cela lui fasse mal. Elle regardait le ciel bleu, la mer couverte d'étincelles, elle sentait la chaleur du soleil qui entrait jusqu'au centre de son corps, parce qu'elle allait ensuite apporter tout cela à sa mère, dans le dortoir. Elle lui tenait la main très fort, et la lumière et la couleur de la mer entraient dans le corps de sa mère.

« Tu travailles bien à l'école ? »

C'était la question que lui posait toujours sa mère. Annah disait « oui » de la tête, en serrant très fort la main amaigrie et fiévreuse, en guettant avec angoisse sur son visage, jusqu'à ce qu'apparaisse le pâle sourire qu'elle connaissait bien. Personne ne lui disait qu'Annah manquait l'école presque tous les jours depuis trois mois, pour aller regarder la mer et le ciel. Le visage de la petite fille était maintenant couleur de pain brûlé, et ses yeux brillaient d'une lueur étrange.

Seul Pierre savait où elle se cachait. Mais il ne l'aurait dit à personne, même si on l'avait battu. Il l'avait juré en levant sa main droite, et en tenant Annah par la main gauche. Tous les jours, après l'école, il courait le long de la mer, jusqu'aux rochers éboulés. Il se cachait un instant dans les broussailles et il attendait un bon moment sans bouger, pour le cas où quelqu'un regarderait. Puis il sifflait entre son pouce et son index, et le sifflement strident faisait un écho au fond du vieux théâtre en ruines. Il attendait, le cœur battant. Au bout d'un instant, il entendait le coup de sifflet d'Annah, affaibli par le vent qui soufflait en haut de la falaise. C'était Pierre qui avait montré à Annah comment on siffle en mettant deux doigts entre ses lèvres.

Il y a si longtemps que tout cela a commencé. Et aujourd'hui, se peut-il que cela finisse ? Annah est assise dans l'embrasure de la haute fenêtre, et malgré la brûlure du soleil d'hiver, elle tremble et ses dents se heurtent nerveusement. Elle sait

qu'elle est seule. Personne d'autre n'est avec elle, et c'est comme si elle attendait la mort. Avant, elle croyait que ça n'était pas difficile d'attendre la mort. Il suffisait d'être indifférente, dure comme un caillou, et la peur ne pouvait pas entrer. Mais aujourd'hui, seule dans sa cachette, elle tremble de tout son corps. Si, au moins, Pierre était là. Peut-être qu'elle aurait plus de courage. Elle essaie de siffler, mais elle tremble si fort qu'elle n'y arrive pas. Alors elle crie le signal :

« Ohé-hée ! »

mais son appel se perd dans le vent.

Elle écoute de toutes ses forces, pour entendre le moment où arriveront les destructeurs. Elle ne sait pas qui ils sont, mais elle sait qu'ils vont venir, maintenant, pour faire tomber les murs d'Orlamonde.

Annah écoute de toutes ses forces. Elle écoute le bruit étrange que fait le vent dans les structures métalliques, dans la grande salle vide, sous les arches de pierre. Elle se souvient de la première fois qu'elle a marché dans le théâtre abandonné. Elle avançait le long du couloir de béton. L'air sombre la suffoquait, après toute la lumière du ciel et de la mer. Plus loin, elle est entrée dans la maison fantôme, elle a gravi les escaliers de marbre et de stucs, elle s'est arrêtée dans le patio éclairé par une lueur de grotte, elle a regardé les décors écroulés, les colonnades torsadées qui soutenaient les verrières brisées, la vasque de pierre avec sa fontaine tarie, et elle frissonnait, comme si elle était la première à violer le secret de cette thébaïde. Elle a ressenti pour la première fois cette impression étrange, comme quelqu'un caché qui vous regarde. Au début, cela lui a fait peur, mais ce n'était pas un regard hostile, au contraire, c'était un regard très doux, lointain comme dans un rêve, un regard qui venait de tous les côtés à la fois, qui l'environnait, se mêlait à elle. Alors elle est revenue en arrière guidée par la musique gémissante du vent qui entrechoquait les structures métalliques sur le plafond du théâtre abandonné. La musique lente et grinçante lui donnait l'impression de voler jusqu'au dehors, dans l'éblouissement du ciel.

Ils viennent, ils vont venir. Déjà Orlamonde est entourée de palissades et de barbelés. Ils ont mis tous leurs panneaux, où il y a écrit des mots terribles, comme des ordres :

Chantier interdit
Danger de mort
Tir de mines

Ils ont amené les machines jaunes, la grue dont l'immense flèche oscille dans le vent, les compresseurs, les bulldozers, et aussi la machine qui porte au bout de son bras une grande boule de métal noir. Pierre dit que c'est pour abattre les murs, il en a vu une comme ça en ville, elle balance son poids et elle le lâche sur les maisons qui s'effondrent comme si elles étaient en poussière.

Il y a plusieurs jours que les machines sont là, et Annah attend dans sa maison, au sommet de la muraille. Elle sait que, si elle s'en va, les destructeurs mettront leurs machines en marche et feront tomber tous les murs.

Elle entend leurs voix, au-dessus d'elle. Ils entrent dans le domaine d'Orlamonde par la grand-route, ils traversent les jardins en terrasse où vivent les ronces et les chats errants. Annah entend le bruit de leurs bottes qui résonne sur les toits de ciment, dans les couloirs du théâtre abandonné. Elle pense aux chats qui s'enfuient, aux lézards qui s'immobilisent au bord des fissures, leur gorge palpitante. Son cœur se met à battre plus vite et plus fort, et elle pense aussi qu'elle voudrait s'enfuir, se cacher au bas de la falaise, dans les éboulis. Mais elle n'ose pas bouger, de peur que les ouvriers ne la voient. Elle se rencogne le plus qu'elle peut au fond de l'alcôve, en repliant ses jambes sous elle, en cachant ses mains dans les poches de son anorak.

Le temps passe lentement, quand il apporte la destruction. En clignant des yeux, Annah voit le ciel qu'elle aime se couvrir d'oiseaux, de mouches, de toiles

d'araignée. La mer lointaine est pareille à une plaque de fer, dure, lisse, miroitante. Le vent souffle avec force, un vent froid qui glace le corps de la petite fille, qui brouille ses yeux de larmes. Elle attend, et elle tremble. Elle voudrait que quelque chose éclate, que les grandes machines jaunes entrent en action, enfin, libérant leurs mâchoires, leurs bras, leurs rostres, lâchant sur les vieux murs leurs masses fracassantes. Mais il n'y a rien. Seulement un petit grelot de moteur, très faible, et le bruit des marteaux-piqueurs quelque part sur les terrasses. Quand le soleil est à sa place de midi d'hiver, Annah appelle de nouveau son ami. Elle siffle entre ses doigts, et elle crie : « Ohé-héé !... »

Mais personne ne répond. Peut-être qu'on sait qu'il doit venir la rejoindre, et qu'on l'a enfermé en classe, à l'intérieur des hauts murs de l'école. Peut-être qu'on l'interroge, pour qu'il dise tout ce qu'il sait. Mais il a juré à Annah, en levant sa main droite et en tenant la petite fille par la main gauche, et elle sait qu'il ne parlera pas.

Le silence revient sur le chantier. C'est midi, et les ouvriers démolisseurs sont en train de manger. Ou peut-être qu'ils sont partis pour toujours ? Annah est si fatiguée d'avoir attendu, et aussi à cause du froid et de la faim, qu'elle glisse un peu sur elle-même, et elle appuie sa tête sur son épaule droite. Le soleil brille en milliers d'étoiles sur la mer, ouvre le chemin de feu sur lequel on glisse, on s'en va.

Elle rêve, peut-être. Au bout du chemin d'étincelles, il y a sa mère qui l'attend, debout, vêtue de sa robe d'été bleu pâle, et la lumière brille sur ses cheveux noirs, sur ses épaules nues. Elle est transfigurée, légère, comme autrefois quand elle revenait de la plage, et que les gouttes d'eau de mer roulaient lentement sur la peau de ses bras en brillant. Elle est belle et heureuse, comme si elle ne devait jamais mourir. C'est pour la voir qu'Annah vient ici, dans sa cachette, en haut de la muraille. Et puis il y a ce regard qui est autour d'elle, c'est le regard d'un vieil homme qu'elle ne connaît pas, mais qui vit ici, dans ces ruines. C'est lui qui l'a guidée, la première fois, jusqu'à la fenêtre en ogive, d'où on voit toute l'étendue de la mer. Il est ailleurs, il est calme et lointain, un peu triste aussi, et toujours il lui montre la mer. Annah aime sentir son regard, ici, sur elle, et partout autour d'elle, sur les vieux murs de ciment, sur les terrasses ruinées, sur les jardins suspendus envahis par les chiendents et les acanthes.

Pourquoi veulent-ils tout détruire ? Quand Annah a dit à Pierre qu'elle resterait là-haut, dans sa maison, même si elle devait mourir, il n'a pas répondu. Alors elle lui a fait jurer de ne jamais révéler sa cachette à personne, même si on le battait, même si on lui brûlait la plante des pieds avec une bougie.

C'est à elle, ici, à personne d'autre. Il y a si longtemps qu'elle connaît chaque pierre, chaque touffe de thym, chaque buisson d'épines. Au début, elle avait peur d'Orlamonde, parce que c'était un endroit sauvage et désert, et que le vieux théâtre abandonné ressemblait à un château hanté. Pierre, lui, n'y venait jamais.

Il préférait rester en bas, caché dans les éboulis, pour faire le guet. C'est lui qui avait annoncé à Annah la nouvelle, quand les destructeurs étaient venus pour la première fois. Il l'avait dit une fois, très vite, et puis il l'avait répété, plusieurs fois, parce que la petite fille ne comprenait pas ; et à la fin, elle avait ressenti un grand froid, et sa tête s'était mise à tourner, comme si elle allait s'évanouir. Ensuite, elle avait couru jusqu'à Orlamonde, et elle avait vu les palissades et les barbelés, les écriteaux, et aussi les grandes machines jaunes arrêtées sur le bord de la grand-route, tout en haut, pareilles à des insectes monstrueux.

Soudain, elle entend des détonations. Ce sont des coups terribles qui résonnent dans la muraille de pierre, qui font tomber de la poussière sur ses cheveux. Au bout du bras qui balaie, la masse de fonte vole lourdement, et tombe sur les murs du vieux théâtre. Annah attendait cela, et pourtant elle ne peut s'empêcher de crier de peur. De toutes ses forces, elle s'agrippe aux rebords de la fenêtre, elle se colle à la muraille. Mais les coups viennent, longs, espacés, si violents que le corps de la petite fille tressaute et souffre. Le bruit des premiers murs qui s'écroulent est terrible. L'odeur âcre de la poussière flotte dans l'air, il y a un nuage gris qui couvre le ciel et la mer, qui étouffe le soleil. Annah voudrait crier, pour que tout s'arrête, mais la peur l'en empêche, et les vibrations la poussent vers le vide. Le fracas des murs qui tombent est tout près, maintenant. Au bout du bras géant, la boule noire oscille, tombe, se soulève, tombe encore. Ils vont tout détruire, peut-être, toute la terre, les rochers, les montagnes, et puis enfouir la mer et le ciel sous les décombres et la poussière. Annah est couchée sur le rebord de la fenêtre, elle pleure en attendant le coup qui va l'écraser, qui va détruire la maison qu'elle aimait.

Les coups se rapprochent, frappent si près qu'elle sent dans ses poumons la poudre et l'odeur de soufre, et qu'elle voit les étincelles qui pleuvent. C'est au fond d'elle que la masse pesante cogne, aveu-

glément, s'acharne, fait tomber les murs, défonce les planchers, tord les structures métalliques qui grincent, avance peu à peu vers la muraille de pierre debout devant la mer et le ciel.

Puis, incompréhensiblement, tout s'arrête. Le silence revient, épais, lourd d'angoisse. La poussière retombe, comme après une éruption. Il y a des cris, des appels. Les destructeurs sont descendus jusqu'au pied de la muraille, ils regardent vers la fenêtre. Annah comprend que c'est Pierre qui l'a trahie. Il a parlé, il a guidé les hommes jusqu'à sa cachette. Et maintenant, ils l'appellent, ils l'attendent. Mais elle ne bouge pas.

Devant elle, il y a un homme. Il est monté par une échelle, et il la regarde, appuyé sur le rebord de la fenêtre. « Qu'est-ce que tu fais là ? » Il parle doucement, il tend sa main vers elle. « Allez, viens, tu ne peux pas rester ici. ». Annah secoue la tête. Sa gorge est trop serrée pour qu'elle puisse parler. Le bruit terrible de la destruction est resté à l'intérieur de son corps, et c'est comme si elle ne pourrait plus jamais parler. L'homme se penche, il prend la petite fille dans ses bras. Il est très fort, son bleu de travail est couvert de poussière et de gravats, son casque jaune brille au soleil.

Maintenant, Annah ressent une très grande fatigue, ses yeux se ferment malgré elle, comme si elle allait s'endormir. Quand ils arrivent au bas de l'échelle, l'homme la dépose par terre. Les ouvriers sont là, immobiles, sans rien dire, leurs casques jaunes brillent très fort. Pierre est debout à côté d'eux, et quand elle le regarde, il a un sourire bizarre, comme une grimace, et malgré sa douleur Annah a envie de rire. Elle hausse les épaules, et elle pense : il faudra bien trouver autre chose.

Malgré la chaleur du soleil et la sécheresse de la poussière, Annah tremble de froid. L'homme au casque jaune veut lui mettre un blouson d'ouvrier sur les épaules, mais elle se dégage et refuse. Parmi les hommes qui sont là, il y a aussi quelqu'un avec un complet marron trop grand pour lui, et Annah reconnaît l'un des surveillants de l'école. Ensemble ils marchent vers le haut de la falaise, là où la camionnette bleue de la police attend sur la grand-route.

Annah sait qu'elle ne parlera pas, qu'elle ne dira rien, jamais rien. En montant le sentier vers la camionnette de la police, elle se retourne un peu, et elle regarde le mur de pierres une dernière fois, et la mer qui étincelle. Orlamonde n'existe plus, ce ne sont que des ruines couleur de vieille poussière. Le regard du vieil homme s'éloigne déjà, pareil à la fumée d'un feu étouffé. Mais le reflet du soleil sur la mer brille sur le visage et dans les yeux sombres de la petite fille, avec la lumière qu'on n'éteint pas de la colère.

Table des matières

Loi n° 49-956 du 16 juillet 1949
sur les publications destinées à la jeunesse
ISBN : 978-2-07-062426-3
Numéro d'édition : 165268
Premier dépôt légal dans la même collection : octobre 1990
Dépôt légal : novembre 2008

Imprimé en France par CPI - Hérissey à Évreux (Eure) - N° 109907